Contos de Amor dos Cinco Continentes

Rogério Andrade Barbosa

Contos de Amor dos Cinco Continentes

Rogério Andrade Barbosa

Ilustrações
Mauricio Negro, Daniel Gray-Barnett, Setor Fiadzigbey,
Suntur, Brooke Smart e Elisabet Ericson

© Editora do Brasil S.A., 2017
Todos os direitos reservados
Texto © Rogério Andrade Barbosa
Ilustrações © Mauricio Negro, Daniel Gray-Barnett, Setor Fiadzigbey, Suntur, Brooke Smart e Elisabet Ericson

Direção-geral: Vicente Tortamano Avanso
Direção adjunta: Maria Lucia Kerr Cavalcante de Queiroz

Direção editorial: Cibele Mendes Curto Santos
Gerência editorial: Felipe Ramos Poletti
Supervisão de arte, editoração e produção digital: Adelaide Carolina Cerutti
Supervisão de controle de processos editoriais: Marta Dias Portero
Supervisão de direitos autorais: Marilisa Bertolone Mendes
Supervisão de revisão: Dora Helena Feres

Coordenação editorial: Gilsandro Vieira Sales
Assistência editorial: Paulo Fuzinelli
Auxílio editorial: Aline Sá Martins
Coordenação de arte: Maria Aparecida Alves
Produção de arte: Obá Editorial
    Supervisão editorial: Diego Rodrigues
    Assistência editorial: Patrícia Harumi
    Auxílio editorial: Amanda Hornos Felix
    Edição e projeto gráfico: Julia Anastacio
    Editoração eletrônica: Julia Anastacio e Lilian Ogussuko
Coordenação de revisão: Otacilio Palareti
Revisão: Elaine Fares
Controle de processos editoriais: Gabriella Mesquita

Dados Internacionais de Catalogação na Publicação (CIP)
(Câmara Brasileira do Livro, SP, Brasil)

Barbosa, Rogério Andrade
   Contos de amor dos cinco continentes / Rogério Andrade Barbosa. – 1. ed. – São Paulo: Editora do Brasil, 2017.

   Vários ilustradores.
   ISBN: 978-85-10-06564-1

   1. Contos - Literatura infantojuvenil I. Título.

17-07225   CDD-028.5

Índices para catálogo sistemático:
1. Contos : Literatura infantil   028.5
2. Contos : Literatura infantojuvenil   028.5

1ª edição / 1ª impressão, 2017
Impresso na Meltingcolor Gráfica e Editora Ltda.

Rua Conselheiro Nébias, 887
São Paulo, SP – CEP: 01203-001
Fone: +55 11 3226-0211
www.editoradobrasil.com.br

*"Li um dia, não sei onde,
Que em todos os namorados
Uns amam muito, e os outros
Contentam-se em ser amados."*

Florbela Espanca

Nerida e Birwain

OCEANIA

Os aborígenes que já habitavam a Austrália muito antes dos primeiros colonizadores europeus aportarem à sua imensa ilha, recontam, entre mil e uma histórias, as peripécias enfrentadas por um jovem casal para concretizar o seu amor.

NERIDA E BIRWAIN, DESDE PEQUENOS, ERAM AMIGOS INSEPARÁVEIS.
Daqueles que não se desgrudam um do outro. Os dois costumavam brincar, às escondidas, perto de um pequeno lago formado por uma queda-d'água. Um sítio sagrado e reverenciado por seu povo.

O local, há muitas e muitas luas, era o refúgio de Wahwee: o implacável senhor das profundezas. Um ser monstruoso que tinha um corpo disforme, comprido como o de uma serpente e a cabeça semelhante à de um humano.

Os mais velhos da comunidade alardeavam que o mundo, em seus primórdios, havia sido arrasado por uma inundação, da qual poucos sobreviveram. Por isso, os adultos evitavam se aproximar da morada de Wahwee. E advertiam as crianças:

– Afastem-se de lá!

Nerida e Birwain, alheios ao perigo, continuavam a se divertir onde não deviam. Os dois passavam boa parte das horas à cata dos mexilhões grudados nas pedras às margens da laguna, sem saber que eles eram observados o tempo todo por um par de olhos invisíveis. Desconheciam que Wahwee, entre outros poderes, detinha a capacidade de enxergar tudo o que se passava ao seu redor, sem precisar colocar a cabeçorra para fora da superfície.

– Quem esses atrevidos pensam que são? Como ousam invadir a minha propriedade? – rugia ele. A voz retumbante, como o estrondo de um trovão.

As crianças, quando escutavam o troar assustador, com medo da tempestade que prenunciava cair, largavam os apetitosos moluscos no chão e fugiam correndo para o acampamento onde viviam, um conglomerado de cabanas rústicas construídas com paus, folhas e gravetos.

Elas, em sua ingenuidade, não tinham a menor ideia de que o estrondo ensurdecedor era provocado por Wahwee. E ficariam petrificadas se conseguissem entender as ameaças:

– Parem de roubar os meus mexilhões! Senão, eu provocarei uma enchente que afogará a todos que vivem sobre a terra.

Mas quem disse que as crianças davam ouvidos aos inúmeros conselhos para elas se manterem distantes da laguna? No outro dia, lá estava a dupla de volta aos domínios de Wahwee.

O monstrengo, sempre que o menino e a menina se aproximavam, não tirava os olhos deles. Principalmente de Nerida.

– Como ela é bonita! – repetia para si mesmo.

Admirava-a tanto que, obcecado pela beleza da garota, passou a nutrir um ciúme obsessivo de Birwain.

– Um dia vou roubá-la para mim – prometeu o asqueroso, fazendo planos para quando a garota estivesse na idade de casar.

II

Os dias e as noites correram tão rápidos quanto os saltos dos cangurus em disparada pelas campinas. As crianças logo se tornaram adolescentes. Mesmo assim, não deixavam de se encontrar no lugar em que se reuniam desde a infância, sempre sob os olhares atentos do monstro submerso.

O que parecia ser uma simples amizade infantil, para a inveja de Wahwee, tomara outro rumo. O coração dos jovens aborígenes, agora, batia de forma diferente, no compasso de um amor que brotou ao longo dos anos de convivência.

O apaixonado Birwain não parava de contar e recontar os dias que faltavam para começar os preparativos da cerimônia de iniciação, um ritual do qual todos os jovens de sua idade tinham de participar antes de ser declarados adultos. Só assim, de acordo com as leis tradicionais de sua gente, é que ele poderia pedir Nerida em casamento.

Enquanto o tão esperado dia não vinha, ele aprofundava seus conhecimentos sobre os hábitos dos pássaros e animais do árido território em que vivia bem como a posição das estrelas no céu e a perceber a proximidade das diferentes estações do ano.

Porém, o seu impiedoso rival não estava disposto a abrir mão facilmente de Nerida. Então, certa manhã, enquanto a moça esperava por seu amado no ponto de encontro costumeiro, uma mulher muito velha, vinda não se sabe de onde, aproximou-se dela e começou a chorar copiosamente.

No mesmo instante, Nerida tentou consolá-la, já que os idosos, na cultura aborígene, são merecedores do maior respeito e consideração por parte dos mais jovens.

— Por que está chorando, avozinha? Está com fome? – perguntou ela, retirando um pedaço de inhame assado de sua bolsa de couro.

— Não. Eu choro só de pensar na calamidade que irá destruir as terras de nossos ancestrais. Tudo por culpa sua e de seu namorado! – disse a mulher de rosto sulcado de rugas.

— Por nossa causa?

— Sim, todos irão morrer. Inclusive você e Birwain.

Nerida, ao ouvir a sentença, tremeu da cabeça aos pés. Talvez, pensou, a desconhecida fosse uma curandeira daquelas que sabiam se comunicar com os espíritos e até mesmo fazer chover.

— Que mal nós cometemos, avozinha? – gaguejou.

— Vocês roubaram os mexilhões de Wahwee! Um crime imperdoável. Não sabiam que tudo que cresce em torno do lago pertence ao senhor das profundezas?

— Não! Não sabíamos! – tentou se desculpar a garota.

— E nem se importaram com os avisos emitidos em forma de trovões – bradou a idosa. – Devido à imprudência de vocês, a nossa gente será castigada.

— Estávamos cegos e surdos de amor. Juro que não sabíamos que os estrondos eram provocados por Wahwee. Por favor, avozinha. Eu não quero que meus pais e Birwain morram. Por eles, se preciso for, eu darei a minha vida.

A enrugada, antes de responder, colocou um pedaço do inhame na boca desdentada e, como se fosse uma cobra, passou a digerir a comida lentamente. Ela, após ter saciado a fome, disse:

— Como você, de modo generoso, dividiu o seu farnel comigo e a partilha dos alimentos é uma das atitudes pela qual temos a maior consideração, vou ver o que posso fazer. Volte aqui amanhã cedo. Não comente com ninguém e venha sozinha – exigiu a mulher.

Assim que a mandona acabou de falar, revirou os olhos e pôs-se a contorcer, sacudindo a cabeça, os braços e as pernas. Depois, estirou-se no terreno enlameado e saiu se arrastando pelo solo, transformada em uma enguia. Só então foi que Nerida percebeu que a aparição era uma bruxa!

III

Nerida, ao alvorecer, sem avisar Birwain, regressou ao local onde havia combinado com a encarquilhada feiticeira.

A garota, sem conter a ansiedade, foi logo perguntando à mulher que a aguardava, sentada no mesmo sítio do dia anterior:

— Já sabe como eu posso livrar o meu povo da vingança de Wahwee?

— Depende. Se você tiver a coragem de me seguir quando eu entrar na água, tudo se resolverá. O senhor das profundezas faz questão que você mesma vá pedir perdão. Do contrário, Wahwee convocará as forças da natureza regidas por ele: nuvens pesadas de chuvas, tormentas, raios, relâmpagos e trovões. Todas elas, ao seu sinal, irão desencadear uma tempestade como o mundo nunca presenciou – disse a mulher, voltando a transformar-se, aos poucos, numa enguia.

Perante tal ameaça, Nerida sucumbiu:

– Então, eu lhe seguirei – resignou-se a moça.

IV

Birwain, como fazia diariamente, encaminhou-se para a laguna. Ao chegar, estranhou a ausência de Nerida.

– O que será que aconteceu? Ela não costuma se atrasar! – exclamou em voz alta.

Não demorou muito para que pegadas inconfundíveis chamassem a sua atenção. Não teve dúvidas de que as marcas gravadas na lama pertenciam à pessoa que ele mais queria na vida. O rapaz, prestes a se tornar um adulto, havia aprendido a distinguir, além dos rastros dos animais, os passos de cada

morador de sua aldeia. Uma habilidade que os aborígenes, exímios caçadores, possuíam como ninguém. Eles nutriam, de um modo especial, um imenso respeito ao solo em que viviam, habitado por sua gente há incontáveis gerações, a quem chamavam respeitosamente de mãe.

– Não! – desesperou-se, ao descobrir que a trilha deixada pelos pés da moça terminava à beira do lago.

Quando o desolado rapaz retornou ao acampamento em busca de ajuda, o curandeiro da comunidade não teve dúvidas:

– Foi a vingança de Wahwee! Esqueça Nerida! Ela agora pertence ao senhor das profundezas.

– Meu coração é mais forte do que a morte – respondeu Birwain, não se conformando com a perda de Nerida. – O demônio das águas afogou a minha amada, mas o meu amor irá trazê-la de volta – anunciou, com firmeza.

Birwain, cumprindo a promessa de não desistir de reencontrar Nerida, passou a se postar noite e dia à beira do lago, entoando a mesma canção:

Aqui vou te esperar todos os dias,
Amor de minha vida.
Aqui permanecerei até voltares para mim.
Volte, Nerida, eu te imploro, volte.

A família de Birwain, compadecida com a sua dor, lastimava o comportamento do rapaz, achando que ele tinha perdido a razão de vez.

– Coitado! Enlouqueceu... – cochichavam entre si.

V

Birwain não desistia. Perseverante, não deixava um dia sequer de cantar os mesmos versos.

O lamento sofrido repetia-se do amanhecer ao anoitecer. Ele, como se tivesse entrado num transe hipnótico, batia os dois bumerangues que trazia nas mãos um contra o outro. O som cadenciado das armas recurvas de madeira que o moço utilizava para caçar os animais, num bate-bate monótono e incessante, ecoava até a margem oposta da laguna escura.

Até que, numa manhã, um lírio aquático brotou na superfície do lago. Um sinal revelador, já que para os aborígenes, as criaturas, plantas e coisas espalhadas sobre a face da terra possuem uma força vital. Eles creem que todas elas são dotadas de inteligência, de alma e de uma linguagem própria.

– É Nerida! – reconheceu Birwain, que, sem pensar, jogou-se na água.

Wahwee, ao ver o rapaz, espantou-o imediatamente de volta à terra.

– Suma daqui! – gritou o pavoroso ser.

Foi então que Nerida ressurgiu dentre as águas, tão radiante como uma estrela da manhã.

– Não! – gritou ela, agarrando-se a Birwain como se fosse um cipó em torno de uma árvore. E dele não se desprendeu jamais.

Esta, na visão peculiar do mundo aborígene, é a razão de os juncos às margens dos lagos ficarem tão perto dos lírios aquáticos. Por este motivo, todas as vezes que os aborígenes colhem as flores de rara beleza, levam consigo também uma galhada de caniços, perpetuando assim, de geração a geração, a história de Nerida e Birwain.

Yennenga, a mulher-soldado

ÁFRICA

Os mossis ocuparam, em tempos distantes, o território que atualmente é o país conhecido como Burkina Faso: a terra dos homens altaneiros. Yennenga, a mulher guerreira, protagonista desta história, tornou-se conhecida não só por suas vitórias mas também por sua luta em busca do amor.

O IMPERADOR NEDEGA ERA O SENHOR ABSOLUTO DE UMA IMENSA REGIÃO.
Seu exército, composto de membros da realeza, homens comuns e escravos capturados em sangrentas pelejas, era famoso pelo poder de sua cavalaria. A posse dos cavalos, de suma importância e valor, era permitida apenas aos pelotões de elite e altos dignitários. E a mais ninguém. Aos camponeses e a outras camadas da população consideradas inferiores não era permitido ter e nem mesmo se aproximar dos animais, pois os destituídos da sorte não poderiam aprender a cavalgá-los. O rei, como de hábito, tinha várias esposas e, consequentemente, uma enorme prole. Todavia, para seu desgosto, só nasciam meninas. Nenhuma de suas mulheres lhe dava o tão aguardado sucessor.

A filha predileta, Yennenga, admirada por sua forte personalidade, era apenas uma criança quando o pai decidiu criá-la feito um homem. De imediato, ordenou que cortassem o cabelo da garota e que a vestissem igual a um rapazinho.

A partir deste dia, embora todos soubessem que ela era uma menina, educou-a na arte da guerra. Ensinou-a domar e a montar os mais fogosos corcéis. A lançar flechas com incrível precisão. E a manejar espadas e lanças afiadas. Ele lhe ensinou também as estratégias de combate: o cerco aos inimigos, as emboscadas... Tanto que Yennenga, ao atingir a maioridade, foi designada comandante suprema do exército de Nedega.

As tropas da princesa, encabeçadas por uma comitiva de griots, contadores de histórias profissionais encarregados de exaltar os feitos da mulher-soldado, causavam furor quando avançavam rumo aos campos de batalha.

As instruções de Yennenga eram cumpridas por seus oficiais fielmente. Os primeiros a atacar eram os arqueiros. Em seguida, era a vez dos soldados a pé empunhando escudos e adagas. E, como golpe de misericórdia, a carga da cavalaria varria os adversários com a ponta de suas lanças. A mulher guerreira não conhecia o sabor da derrota. Invencível, retornava das jornadas coberta de glórias.

II

Yennenga vestia-se e lutava como um homem. Mas ela sonhava também em casar e ter filhos. Para isso, porém, teria de convencer o pai.

– Não permito de jeito algum! – negou ele, quando a moça pediu que lhe concedesse a honra de ter um marido.

Palavra de rei não podia ser contestada. Nem mesmo pela filha que lhe dava tanto orgulho e conquistas.

A princesa, entretanto, acostumada a enfrentar as mais duras batalhas, não era de se entregar à toa. Como boa estrategista, passou a noite esboçando um plano para convencer o insensível soberano.

No outro dia, ela esperou o pai encerrar a audiência concedida a uma delegação de súditos. Foi, segundo o rigoroso protocolo, um longo e lento cerimonial. O rei, com seu manto mais vistoso, sentado sob um amplo toldo, não podia dirigir a palavra aos que não faziam parte de sua corte. Quem falava por ele era um de seus griots, o Língua, que retransmitia as mensagens sussurradas por seu senhor.

Ao final da demorada recepção, a guerreira convidou o pai para darem uma volta de mãos dadas, como costumavam fazer quando ela era criança, em torno da plantação de milho que ganhara de Nedega ao nascer. Ao avistar o milharal reluzindo ao forte sol, pronto para ser colhido, o rei perguntou:

– Por que você ainda não começou a colheita? – indagou. – Daqui a pouco as espigas vão secar e se estragar.

– Tem razão. Se não forem colhidas a tempo, elas irão murchar – assentiu a jovem guerreira. – E eu, com o passar dos anos, irei definhar também e não poderei ter um fruto de meu ventre. A mulher é como a terra fértil, meu pai. Ela precisa ser adubada para gerar grãos.

O rei entendeu a mensagem. A filha insistia em casar e isso ele não podia admitir.

O senhor da vida e da morte, não escondendo a sua ira, baniu-a do reino:

– De hoje em diante você não pertence mais ao meu reino. Vá embora amanhã mesmo. Leve consigo apenas a sua guarda pessoal – disse ele, pondo um ponto final no assunto.

III

Yennenga seguiu para o exílio acompanhada por um pelotão de soldados da cavalaria, formado por um grupo de veteranos combatentes que havia jurado permanecer ao lado de sua chefe até a morte.

As perdas humanas, à medida que eles penetravam em terras dominadas por povos hostis, foram tremendas. O reduzido número de guerreiros foi dizimado, em menos de um ano, pelas mais diversas causas: ataques de feras selvagens, embates contra tropas inimigas, fome ou doenças transmitidas pelos mosquitos. A única a sobreviver aos infortúnios fora Yennenga.

A guerreira que almejava ser mãe não se entregava. Seu corcel, reunindo as últimas forças, conseguiu transportá-la para a outra margem de um grande rio, coalhado de crocodilos. O animal, ao fim da árdua travessia, caiu e não se levantou mais.

Yennenga, ardendo de febre, teve de prosseguir a pé em direção a uma cabana, que, à primeira vista, parecia estar abandonada no meio de um espesso matagal. Desembainhando a espada, entrou, cautelosamente, na choupana. No entanto, os restos de brasas da fogueira no centro do abrigo davam mostras de que o lugar era habitado.

A intrusa, depois de se certificar de que não havia ninguém por perto, tirou o capacete da cabeça, soltando os cabelos que deixara crescer. Extenuada, deitou-se na esteira que encontrou enrolada ao lado de um amontoado de presas de elefantes.

IV

Anoitecia quando Riale, o caçador de elefantes, regressava para casa com um pesado dente de marfim sobre as largas espáduas. Ele passara o dia inteiro aguardando o momento certo para ferir, com uma flecha envenenada, o formidável paquiderme que vinha perseguindo desde o alvorecer. Não gostava de matar os majestosos animais. Só o fazia quando as manadas destruíam as plantações dos camponeses, pisoteando tudo que encontravam pela frente.

De repente, rosnados de hienas ecoaram no ar. Os carniceiros, ele percebeu à distância, disputavam entre si a carcaça de um cavalo. A primeira coisa que Riale fez, aos berros, foi enxotar o bando de devoradores de carne podre. Depois de uma breve inspeção, ele constatou, pelos estribos de prata e a sela com intricados arabescos misturados entre os despojos, que a montaria devia ter pertencido a alguém muito importante.

O caçador, intrigado, seguiu os rastros deixados pelo cavaleiro. E mais desconfiado ficou ao ver que as pegadas iam dar na porta de sua cabana.

A surpresa foi maior ao ver uma moça tremendo de frio, estirada no chão, em trajes masculinos, esfarrapada como se fosse uma mendiga.

Riale reacendeu a fogueira, molhou os lábios da jovem com a água de seu cantil e deitou-se bem junto a ela, para aquecê-la com o calor de seu corpo.

V

Yennenga acordou nos braços de Riale. Foi o primeiro dos muitos abraços trocados entre o caçador de elefantes e a princesa soldado. De sua união nasceu um menino, a quem deram o nome de Uidraogo: o garanhão vermelho, em homenagem ao cavalo da guerreira.

Nedega, ao saber que a filha lhe dera um herdeiro, perdoou a moça e criou o neto do mesmo modo como fizera com Yennenga, iniciando-o nas táticas militares. E o nomeou, quando fez 18 anos, como seu sucessor.

Uidraogo, que tinha o sangue de guerreiro em suas veias, expandiu o Reino Mossi, tornando-o um dos mais poderosos impérios de todo o continente africano.

Os pássaros do arroz e a flor de lótus

ÁSIA

As histórias contadas para as crianças tailandesas refletem, em grande parte, as tradições e os ensinamentos propagados pelo budismo. E a flor de lótus, tão presente na lenda, simboliza essa religião preponderante na Tailândia. Outro elemento importante é a crença na reencarnação, que atua como elo do amor eterno protagonizado por seus dois personagens principais.

OS BANDOS DE PASSARINHOS QUE SOBREVOAM OS ARROZAIS NO INTERIOR da Tailândia, salpicando o céu com os tons de sua plumagem branca e cinzenta, são conhecidos como os "pássaros do arroz".

Dois deles haviam construído o ninho no alto de uma árvore, tecendo com a ponta dos bicos, num vai e vem frenético, o berço de gravetos onde repousavam os três filhotes. O macho e a fêmea, ao amanhecer, tinham uma trabalheira danada para alimentar os esfomeados recém-nascidos, voando para cá e pra lá à caça de insetos.

O casal, quando o sol se tornava insuportável, matava a sede sugando o néctar das flores de lótus, próximas aos arrozais.

– Vamos logo, daqui a pouco as pétalas vão se fechar pra se proteger do calor – alertava a fêmea.

Um dia, quando o macho saiu sozinho em busca de comida, distraiu-se e ficou preso no interior da flor, igual a um tigre caído dentro de uma armadilha.

O tempo passava e nada de o passarinho macho voltar. A fêmea, angustiada, tinha motivos de sobra para se preocupar. O vento espalhara as brasas de uma fogueira que os camponeses da aldeia não haviam apagado direito. Não demorou muito para que as chamas, como se fossem a língua incandescente de um dragão, começassem a lamber o tronco da árvore em que ela vivia.

A fêmea, tentando apagar as labaredas, pôs-se a bater as asas em desespero. Não adiantou! Em poucos segundos, o ninho e os filhotes, que ainda não haviam aprendido a voar, se converteram em um monte de cinzas.

Só ao final da tarde, quando o sol principiou a se esconder por trás das montanhas, foi que o macho conseguiu se livrar de sua prisão.

O coraçãozinho dele, assim que alcançou os arredores de sua casa, bateu forte ao vislumbrar a fumaceira em torno do lar que ele e sua parceira haviam erguido com tanto esforço. A fêmea, esvoaçando sobre os restos carbonizados do ninho, desabafou:

– Como foi que nos abandonou na hora em que mais precisávamos de sua ajuda? – exaltou-se ela.

– Não me esqueci de vocês! Eu me atrasei porque fui aprisionado pela flor de lótus.

– Mentira! – respondeu ela, em meio à densa fumaça. – Se na outra encarnação eu retornar na pele de uma mulher, juro que nunca mais falarei com homem algum – prometeu.

Em seguida, batendo as asas pela última vez, mergulhou no fogaréu. O macho, sem se importar com o círculo de fogo aumentando ao seu redor, apelou aos deuses celestes:

– Por piedade, permitam que na próxima vida eu possa reencontrar a minha companheira – foi o seu pedido derradeiro, antes de ser consumido pelas labaredas.

II

A princesa nascida em berço de ouro era de uma formosura inigualável e não tinha do que se queixar: seus pais, regentes de um palacete no topo de uma montanha, a adoravam. Quando ela dançava ao som dos instrumentos tradicionais, movendo as mãos suavemente, como se fosse uma avezinha plainando no céu, deixava todo mundo embevecido com sua graça e beleza.

Mas pairava sobre a jovem a sombra de um mistério. Ninguém entendia o porquê de a princesa se negar a falar com qualquer homem da corte. Nem mesmo com o seu idolatrado pai. Por razões que nenhum médico conseguia explicar, ela conversava apenas com as mulheres que circulavam pelos aposentos palacianos cravejados de pedras preciosas.

A rainha, preocupada, sugeriu ao rei:

– Você tem de fazer alguma coisa. Assim nenhum homem irá querer casar com a nossa filha.

O monarca, aflito com a situação, decidiu:

– Hoje mesmo eu mandarei anunciar, por todos os rincões de meu império, um decreto que, acredito, irá solucionar o enigma que envolve a nossa filha.

Dito e feito. Os súditos, espalhados entre os vales e campinas mais remotos, receberam dias depois a proclamação real:

"Qualquer homem, não importa a sua condição social, que fizer a princesa falar com ele, será declarado seu marido".

III

Um rapaz que, quando não estava estudando, trabalhava de sol a sol nos arrozais nas proximidades de um convento, havia nascido numa aldeia situada justamente aos pés do palácio imperial.

Seus pais, camponeses, que não tinham condições de criá-lo dignamente, o deixaram, ainda criança, como era comum entre as famílias pobres, aos cuidados de um monge. O sábio homem, entre as quatro paredes do templo ladeadas de imagens de Buda, transmitiu ao pupilo uma série de ensinamentos, inclusive o de contar histórias com bonecos e, também, a arte da ventriloquia (ou seja, falar de tal modo que sua voz dava a falsa impressão de estar vindo de outra pessoa ou lugar).

Certo dia, após o religioso ter percorrido as ruas do vilarejo arrecadando os alimentos doados rotineiramente aos monges, ele retornou ao mosteiro trazendo a notícia que corria de boca em boca entre os aldeões:

– Nosso rei anunciou que dará a mão de sua filha ao pretendente a quem ela disser suas primeiras palavras. A princesa, até hoje, jamais falou com homem algum – revelou ao seu aluno, que se tornara um jovem forte como um búfalo dos pântanos.

O moço, com um leve aceno de cabeça, aceitou o desafio. O seu coração também lhe dizia que chegara a hora de bater as asas e alçar voo por sua própria conta.

IV

Quando o rapaz adentrou os muros que circundavam o palácio real, usando suas roupas de agricultor, deparou-se com uma extensa fila de candidatos. A maioria, por seus trajes suntuosos e o número de serviçais, era detentora de grandes fortunas. Alguns chegavam carregados em palanquins com cortinas da mais pura seda. Outros, no dorso de elefantes adornados com extrema riqueza.

Cada um dos desafiantes, com o apoio de seu séquito de empregados, tentou, durante horas, impressionar a princesa. Os competidores, para obter a atenção da calada herdeira real, lançavam mão dos mais diversos recursos: música, canto, teatro de máscaras, bailados, mágica, animais adestrados...

A jovem, contudo, com um ar entediado, limitava-se a bater palmas friamente ao final de cada número. Os homens, por mais que se esmerassem, não conseguiam arrancar uma palavra da moça.

Ela só esboçou um gesto de espanto quando chegou a vez do último pretendente. Um camponês de ar sereno, igual a um monge budista.

A princesa, tão logo os olhares dos dois jovens se cruzaram, levantou-se e retirou-se às pressas do salão, correndo de volta a seu quarto. Seus pais, atônitos, franziram as sobrancelhas. Afinal, ela não podia se comportar daquela maneira na frente de seus súditos.

O rei, perplexo com a reação intempestiva da herdeira do trono, perguntou ao moço:

– Você acha que é capaz de fazer a minha filha falar? – perguntou sem muita convicção.

– Sim. Mesmo que ela esteja encerrada em seu aposento.

– Como sabe que a princesa tem a mania de se trancar a sete chaves? – questionou o monarca, pois só ele e a rainha estavam a par das birras da moça, que, quando contrariada, isolava-se da vista de todos.

– Estudei muitos anos num mosteiro. Lá, o meu mestre, entre outros conhecimentos, me transmitiu o dom da clarividência.

O rei, impressionado com a inesperada resposta, ordenou aos seus guardas que conduzissem o camponês à porta da princesa.

V

O moço, ao ver-se sozinho em frente ao aposento real, projetou a sua voz de ventríloquo, como se fosse a porta, e não ele, que estivesse falando.

– Boa noite, alteza!

– Quem ousa falar comigo? – disse a moça, erguendo a cabeça do leito onde se deitara prostrada em lágrimas.

– Sou eu, a sua porta.

Foi a mais estranha resposta que ela tinha escutado até então na vida.

– O que você deseja? – interrogou a princesa, sem entender que tudo não passava de um truque.

– Quer escutar uma história? Daquelas em que o ouvinte tem de dar uma solução?

– Sim – respondeu ela, ainda confusa.

A "porta" não se fez de rogada e pôs-se na mesma hora a contar:

"Um adivinho, um arqueiro, um mergulhador e um monge conversavam nas imediações de uma cachoeira, quando o homem capaz de decifrar o futuro olhou para o alto e disse:

– Prestem atenção! Uma águia, carregando uma donzela, voará em breve sobre as nossas cabeças.

Mal ele acabou de falar, a ave de rapina despontou no céu com a presa indefesa em suas garras.

O arqueiro, num piscar de olhos, levantou-se e abateu a criatura alada com uma flechada só. A jovem libertou-se do perigo para cair em outro ainda maior: o profundo rio.

Foi resgatada graças ao mergulhador, que, ligeiro, retirou-a inconsciente das águas agitadas.

E não morreu porque o monge conseguiu reanimá-la."

– Com qual deles, princesa, você acha que a heroína da história deve se casar? – quis saber o contador de histórias.

– Não sei. Os quatro foram importantes – opinou ela, abrindo a porta. Não era tão ingênua, a ponto de acreditar que um pedaço de madeira pudesse falar.

O autor da façanha, como ela suspeitava, de fazê-la conversar com um homem pela primeira vez, era o mesmo concorrente que mexera com o seu coração.

– Parece que lhe conheço há tanto tempo – disse ela, timidamente, ao rapaz parado no meio do corredor.

– Eu também. Por isso lhe contei essa história. Eu me sinto como o arqueiro que abateu a águia. O mergulhador que a resgatou. O monge que lhe trouxe de volta à vida. E, além de tudo, o adivinho que previu o nosso encontro. Desde o momento que pus meus olhos em você, uma voz invisível me dizia que havíamos nascido um para o outro.

A princesa, enrubescida, murmurou:

– O amor é como o arrozal, leva algum tempo para amadurecer.

– Sim, mas as flores desabrocham mais cedo – replicou o camponês, entregando-lhe uma flor de lótus que ele colhera no jardim do palácio.

O casal, renascido das cinzas, unido pela flor que representa o amor, paixão e compaixão, voltara, por obra do destino, a se encontrar.

Flor de Salgueiro e Nuvem Branca

AMÉRICA

Entre o povo tewa, indígenas da América do Norte, os preparativos para o enterro de um membro de sua comunidade exigiam uma série de complexos rituais. As práticas mortuárias eram realizadas, principalmente, com o intuito de evitar que a alma do morto retornasse para o mundo dos vivos. E ai daqueles que, como Flor de Salgueiro e Nuvem Branca, desrespeitassem tais regras!

NÃO HAVIA UMA MOÇA DA NAÇÃO TEWA QUE SOUBESSE TECER MANTAS elaboradas com tanta delicadeza como Flor de Salgueiro. E, muito menos, um guerreiro que fosse capaz de rastrear as manadas de bisões igual Nuvem Branca.

– Esses dois – prediziam as tagarelas da aldeia – estão predestinados pelos deuses a se casar.

E assim foi cumprida a vontade divina. Flor de Salgueiro e Nuvem Branca, por sua cumplicidade e alegria, pareciam um casal de rolinhas arrulhando mil juras de amor e fidelidade:

– Eu lhe seguirei a qualquer lugar que você for – prometia o marido.

– Que o Grande Espírito das Montanhas lhe ouça – respondia a esposa.

Eles tinham motivos de sobra para ser felizes até a velhice. Mas não foram. Flor de Salgueiro, três luas depois do casamento, adoeceu gravemente. Os xamãs dançaram, rezaram e cantaram, implorando a cura da enferma. Sopraram a fumaça de seus cachimbos medicinais sobre o corpo da tecelã. Aplicaram-lhe infusões feitas com ervas que só eles conheciam. Tentaram de tudo, enfim, para recuperar a saúde da jovem artesã. O esforço deles, porém, foi em vão. A morte, impiedosa, venceu.

Nuvem Branca, como todo integrante da nação tewa, acreditava que as almas dos mortos, antes de partirem definitivamente, vagavam durante quatro dias em torno de sua aldeia. Segundo essa crença, as almas perambulavam, neste curto espaço de tempo, em busca de perdão por alguma falta que houvessem cometido enquanto habitavam o mundo dos vivos. Os parentes, temerosos, rezavam à beira dos túmulos, rogando aos falecidos para que eles não regressassem ao lugar onde nasceram.

O amargurado guerreiro, ciente de que a esposa poderia reaparecer para uma última visita, ficou de plantão do lado de fora de sua casa, sem comer e dormir, à espera de algum sinal de Flor de Salgueiro.

II

Na véspera do quarto dia, um clarão inusitado, tremelicando no alto de uma colina distante, atraiu o olhar de Nuvem Branca.

— Será o que estou pensando? — perguntou a si mesmo, já que as almas penadas podiam aparecer no formato de luzes, ventos, vozes, sonhos ou mesmo como se fossem seres humanos.

O rastreador de búfalos varou a imensidão à procura do que parecia ser uma fogueira, percorrendo uma planície desolada, repleta de cactos. Lar de coiotes uivando para a Lua, e nada mais.

A luminosidade, não tardou a descobrir, provinha do interior de uma hooghan, casa tradicional erguida com madeira e barro. E a jovem de longas tranças, tão linda, tecendo uma manta perto do fogo, era a sua mulher.

– O que você está fazendo aqui? – interrogou a artesã, afastando-se do tear de madeira.

Assim que a moradora se refez do susto, o visitante teve certeza de que não se tratava de outra pessoa. Ela ainda usava os sapatos colocados nos cadáveres de um jeito especial por seus pais: pé direito no esquerdo, e o esquerdo no direito. Os mocassins, trocados de propósito, eram uma das artimanhas empregadas pelo povo tewa para que os mortos tivessem dificuldade de encontrar o caminho de volta para a aldeia onde nasceram. O par de calçados, certificou-se o rastreador, era idêntico ao que havia dado de presente a Flor de Salgueiro.

– Eu vim lhe buscar. Quero que volte pra casa – disse Nuvem Branca. – Lembra-se da promessa feita em nosso casamento, de que eu lhe seguiria aonde quer que você fosse?

– Sim! Mas agora é impossível. Não podemos contrariar a vontade dos deuses. A sua vez ainda não chegou. Vá embora antes que seja tarde demais – suplicou Flor de Salgueiro.

O marido não se dobrou ao pedido da mulher:

– Só saio daqui com você – reafirmou, sem arredar pé do lugar, cruzando os braços sobre o peito.

– Está bem. Mas com uma condição – propôs a mulher.

– Qual?

– Passar a noite em minha casa – respondeu ela, apontando para a pele de carneiro que servia como cama. – Se você conseguir ficar comigo até ao amanhecer, eu atenderei ao seu pedido.

– É tudo o que eu queria – disse o marido, feliz da vida.

III

Nuvem Branca acordou de madrugada com um fedor nauseante empesteando o ar. O mau cheiro era tanto que teve de tapar o nariz com uma das mãos. Incomodado, virou-se para o lado e cutucou a esposa que dormia coladinha a ele:

– Que fedentina é esta?

– Não sei – respondeu Flor de Salgueiro, encarando-o, desta vez, com um par de olhos encovados. A pele do rosto, até então corada, estava pálida igual à de uma defunta. O aspecto cadavérico da mulher, como se ela tivesse acabado de se levantar da tumba, fez com que o rastreador de búfalos entrasse em pânico.

Aterrorizado, deu um pulo e irrompeu porta afora. Tão apavorado que se esqueceu de correr por um caminho diferente, aos saltos, como havia sido ensinado a fazer quando menino. Caso contrário, não teria êxito em despistar o espírito que o perseguia. Mas quem é que se lembra dessas recomendações na hora de desespero? Ninguém!

Flor de Salgueiro fez o mesmo e saiu atrás do marido, gritando:

– Volte! Volte!

O esposo, que já ia longe, só parou de correr quando se deparou com um xamã de cabelos grisalhos, alto e musculoso, empunhando um arco e duas flechas da altura dele.

– O que houve? De quem está fugindo? – perguntou o ancião.

– Do espírito de minha mulher. Ela quer me carregar para o mundo dos mortos.

– Vocês desrespeitaram as leis de nosso povo! – recriminou o homem mágico, que, por sua musculatura, demonstrava possuir uma força incompatível com a idade que aparentava ter.

Neste instante, a figura descarnada de Flor do Salgueiro, levantando poeira para todos os cantos, alcançou os dois homens.

– Não tenha medo – disse o xamã para Nuvem Branca. – Você não aceitou a morte de sua mulher. E ela, pelo visto, também sente sua falta. Então, farei o que vocês desejam, de modo que permaneçam unidos por toda a eternidade.

O xamã, invocando a proteção dos espíritos em voz baixa, amarrou o amedrontado guerreiro em uma das enormes flechas e arremessou-o para o espaço. Em seguida, fez o mesmo com Flor de Salgueiro, lançando-a no rastro de seu homem.

Os indígenas do povo tewa, que reverenciam a profunda conexão entre os humanos e o mundo dos espíritos, nas noites em que o céu fica enfeitado de astros cintilantes, explicam aos filhos:

– Estão vendo aquelas duas estrelas, muito próximas uma da outra, luzindo a Oeste? A maior é Nuvem Branca. A outra, menor, que parece estar em seu encalço numa correria infindável, é Flor de Salgueiro.

Os pinheiros de Ugerup

EUROPA

Os pinheiros que se espalham nos dias atuais pela deslumbrante paisagem de Skåne, na Suécia, são testemunhas das sementes plantadas por um jovem nobre, numa manobra genial, como prova de amor à sua esposa.

NA ÉPOCA EM QUE OS REINOS DA DINAMARCA E DA SUÉCIA, SEPARADOS a uma curta distância pelo Mar do Norte, andavam constantemente em guerra, diversas fortificações foram levantadas ao longo da extensa costa. No topo das muralhas erguidas com maciços blocos de pedras, as guarnições de ambos os lados estavam sempre a postos para impedir, a canhonaços, o desembarque das hostes rivais.

Arild Ugerup, pertencente a uma família de nobre estirpe, embora nascido na Dinamarca, crescera, em tempos de paz, num castelo na região de Skåne. Um dos lugares mais bonitos da Suécia, anexado por um longo período pelos dinamarqueses. Nessas paragens cobertas de campos floridos, ele conhecera Thale e se enamorara por ela, filha de um rico fazendeiro, dona de tranças douradas, bela igual a uma fada dos bosques.

Eles estavam prestes a se casar quando a trégua entre os dois países foi interrompida, como acontecera tantas outras vezes, ao som dos tambores conclamando os soldados para a luta. O descendente de audaciosos guerreiros vikings, oficial da marinha que era, prontamente se apresentou para defender as cores de sua bandeira.

As primeiras batalhas navais, a princípio, penderam para a armada dinamarquesa. No entanto, os suecos levaram a melhor e afundaram a maioria das naus adversárias, como se as grandes embarcações tivessem sido arrastadas para o fundo do mar pelos tentáculos de Kraken: o gigantesco polvo da mitologia nórdica. Na Idade Média, a simples menção ao nome dessa monumental criatura marinha deixava os marinheiros em polvorosa.

Os que sofrem o gosto amargo da derrota, quando não caem em combate, são aprisionados. Foi o que aconteceu com Arild. O rapaz louro e de olhos azuis foi conduzido, em pesados grilhões, para Estocolmo, a capital da Suécia. O prisioneiro, durante a penosa marcha, não conseguia tirar da cabeça a imagem da noiva que deixara para trás.

Trancafiado numa masmorra até o fim de seus dias, conforme a pena que lhe foi imposta, ele teria bastante tempo para pensar em sua prometida.

II

Arild, por ser de nobre linhagem, fez chegar ao rei da Suécia uma petição escrita de próprio punho, à luz de velas, na cela onde os ratos disputavam corridas pelo chão. As cruzes riscadas nas grossas paredes, feitas com a ponta da colher que usava para comer, assinalavam os dias que ele permanecia encarcerado.

O prisioneiro, enquanto aguardava uma improvável resposta do monarca, escrevia, para espantar o tédio, histórias sobre o folclore escandinavo que a mãe lhe contava na hora de dormir. Odim, deus da guerra, das batalhas e das vitórias, era um de seus heróis favoritos. Assim como o seu filho Thor, o magnífico deus do trovão e dos relâmpagos. Já a sedutora Hidra, mulher formosa, possuidora de uma cauda igual à de um cavalo, que ela procurava ocultar sob o vestido, provocava-lhe pesadelos. Quanto aos duendes de pontudas barbichas, habitantes de uma misteriosa cidade subterrânea, davam-lhe, em sua meninice, uma vontade imensa de conhecê-los.

Enquanto isso, as marcas traçadas por Arild nas pedras do cubículo, dia a dia, aumentavam numa contagem angustiante, registrando a passagem célere das estações do ano.

Meses mais tarde, debruçado sobre as folhas de papel, escutou as passadas rotineiras do carcereiro ressoando pelo corredor. O homem de poucas palavras, em vez de enfiar o prato de sopa e o pedaço de pão ordinário por baixo da porta de ferro, abriu o pesado ferrolho e, de supetão, anunciou:

– O rei vai recebê-lo.

– Agora? – respondeu Arild, mal acreditando nas boas novas.

– Sim! – retrucou o guarda, entregando-lhe um balde de água, trajes limpos e um par de botas. – Você tem dez minutos para se lavar e se arrumar, enquanto lhe aguardo do lado de fora. Ou você pensa que pode se apresentar assim, imundo e com as roupas em frangalhos? – criticou o carrancudo, lançando-lhe um ar de desprezo.

– Eu preciso de um espelho e de uma navalha também – pediu o moço, passando os dedos pela barba que não raspava há exatos 353 dias.

O seu algoz fez que não escutou, virou-lhe as costas e saiu.

Arild, que nunca perdera a esperança de obter uma resposta do rei, banhou-se, vestiu-se e, escoltado pelos guardas que vieram lhe buscar, deixou o escuro calabouço para trás.

Os soldados, em passos cadenciados, levaram o prisioneiro a um salão iluminado por dezenas de candelabros. Arild, antes de se prostrar de joelhos perante o rei, teve de tapar os olhos com as mãos. A claridade era demais para quem passara tanto tempo sem ver a luz do dia.

O rei Erik, do alto de seu trono, fez um sinal para que o rapaz barbudo se levantasse e, num tom pausado, disse:

– Li a sua carta. Nela, conforme entendi, solicita liberdade condicional para se casar.

– Sim, sua majestade. Prometo regressar, como lhe escrevi, tão logo a plantação que pretendo cultivar e deixar como dote à minha esposa tenha sido colhida.

O monarca sueco, que, acima de todas as coisas, prezava a palavra empenhada por um homem honrado, deu-lhe o consentimento tão desejado:

– Por acreditar que o nobre cavalheiro retornará no prazo estipulado, concedo a autorização – decidiu o mandatário, encerrando a rápida sessão.

III

Arild, para a surpresa de seus parentes, não plantou trigo ou qualquer outro tipo de cereal em suas terras após o casamento. E, sim, uma fileira de mudas de pinheiro.

– Você acha que o seu plano vai dar certo? – perguntou Thale, numa manhã friorenta de outono, acariciando o braço do marido. – Não quero que você volte para a prisão – disse a jovem, observando da janela os soldados que acabavam de chegar da corte.

– Não se preocupe – respondeu o esposo, saindo para encontrar os emissários reais.

O comandante da tropa encarregada de levar Arild de volta a Estocolmo, sem apear da montaria, cobrou:

— Já estamos quase no início do inverno. As plantações foram colhidas e você não cumpriu a sua palavra de cavalheiro.

— Faça ver ao rei que não posso cortar os pinheiros que semeei. Eles mal começaram a brotar – argumentou Arild, mostrando o que havia plantado. – Estas árvores levam muitos anos para crescer. – A minha palavra, portanto, continua de pé.

IV

— Pinheiros! – vociferou o rei Erik, ao receber a informação trazida por seus enviados.

— Isso mesmo, Sua Majestade. Algumas espécies levam cerca de 50 anos para crescer – informou o oficial.

O monarca, contrariado, calou-se e ficou a refletir por alguns segundos, deixando a plateia de nobres ao seu redor em suspense.

— Arild Ugerup demonstrou ser muito mais astuto do que eu pensava – elogiou, quebrando o silêncio que se instalara na sala do trono. – Uma pessoa de valor como ele, eu creio e dou fé, não merece passar o restante da vida encarcerado – resolveu o monarca, concedendo o perdão real ao prisioneiro.

Os pinheiros plantados por Arild para a sua adorada Thale, de forma tão engenhosa, multiplicaram-se por toda a Skåne. Prova inconteste de que não há força no mundo maior do que o amor.

Histórias de amor que se entrelaçam com a história do mundo

AO REDOR DO MUNDO, OS MITOS E CONTOS FOLCLÓRICOS NOS FALAM DOS POVOS antigos e suas culturas. E, por mais diferentes que sejam elas, por mais diversas que sejam as terras nos cinco continentes, há elementos em comum entre todas: um deles é o amor... Em toda parte, as histórias de amor foram apreciadas e recontadas de pai para filho por gerações, ao longo dos séculos. Neste livro, encontramos contos em que dois enamorados precisam vencer dificuldades para ficar juntos.

Na Austrália, a grande ilha que domina o continente da Oceania, viveram os povos que chamamos aborígenes, séculos antes de os europeus lá chegarem. Eles acreditavam que, antes de nosso mundo existir, houvera um tempo mítico chamado Tempo do Sonho. Mas os aborígenes não eram um único povo, e sim várias nações; é nas histórias de uma delas, o povo wiradjuri, que encontramos narrativas sobre o assustador Wahwee.

Ele é descrito como um ser anfíbio, poderoso e perigoso; às vezes aparecia com corpo de serpente e cabeça de sapo. Dizem que só os xamãs, grandes sacerdotes dos aborígenes, conseguiam visitá-lo sem serem devorados. Para isso, eles deviam pintar todo o corpo de vermelho-escuro e procurar a morada do monstro no local em que o arco-íris tocava a terra. Se conseguissem, aprenderiam com ele uma nova canção para ensinar a seus povos.

A história do amor entre Nerida e Birwain conta com um elemento comum a várias mitologias: o ser monstruoso que quer separar dois enamorados – e que nesse conto é justamente o Wahwee. Para vencer seu poder, os jovens deverão demonstrar coragem e abnegação.

A transformação dos enamorados em lírio e junco, abraçados para sempre nas margens dos lagos australianos, torna este conto um mito *etiológico*, como são chamadas as histórias que explicam como algum elemento da natureza passou a existir.

Já na narrativa sobre Yennenga, a mulher-soldado, encontramos pistas para entender um pouco a cultura do povo mossi. A nação de origem dos mossis fica na África Ocidental, hoje conhecida como Burkina Faso. Foi uma terra colonizada pelos franceses e só se tornou independente em 1960.

Os personagens desta história de amor, Yennenga e Riale, são considerados ancestrais de todos os mossis. Seriam descendentes de dois reinos: ela era uma princesa do Reino de Mamprusi e ele, um caçador pertencente à nação Mandé. Por tradição, seus povos se dividiam em classes separadas, que não se misturavam. A casta superior dos mossis, os nakomses, não se relacionava com a outra classe, os tengabisis, que incluía fazendeiros, mercadores e artesãos.

Para os mossis, até hoje a família é o ponto central da cultura e a sociedade é patriarcal: os rapazes é que herdam os bens de seus pais. As moças só o fazem se não houver filhos homens.

A figura da garota vestida como homem que se torna soldado é comum nas histórias populares de qualquer lugar do mundo – como o conhecido conto chinês sobre a menina chamada Mulan e a narrativa folclórica brasileira do Sargento Verde. Nessas histórias, questionam-se os papéis tradicionais masculino e feminino... E no mito mossi há um elemento questionador a mais: o amor entre jovens de classes separadas.

Chegando ao conto sobre a princesa e o camponês, que também aborda o amor entre jovens de origens diferentes, encontramos um enredo comum ao folclore de quase todos os países deste nosso mundo: a herdeira que tem inúmeros pretendentes, mas será conquistada ou desencantada por um rapaz que, em geral, não tem origem nobre. Encontramos esse tema em centenas de contos de fadas europeus, como vários dos recontados pelos Irmãos Grimm.

Por ser uma história vinda da Tailândia, país budista, o romance complicado entre a filha do rei e o jovem plantador de arroz apresenta elementos típicos dessa religião. Uma delas é a ideia de que os pássaros poderiam, um dia, renascer como seres humanos e, em uma nova vida, resgatar o amor perdido na existência anterior.

A Tailândia fica no Sudeste da Ásia e, por séculos, foi conhecida como o Reino do Sião. O país tem uma cultura rica em histórias encantadoras. Pertencem a ela não apenas vários personagens das histórias de Buda, mas inúmeros espíritos e seres de aspecto assustador, como a Naja, uma serpente de cinco cabeças, ou Rajasi, um enorme leão que tem o pelo coberto de chamas. Outro animal, o elefante, é um dos símbolos da Tailândia.

Mais um mito *etiológico* enriquece este livro: a história do amor entre Flor de Salgueiro e Nuvem Branca. Por meio da trágica separação entre esposa e esposo, descobrimos como surgiram duas estrelas que brilham nos céus da América do Norte.

Mais uma vez demonstrando como os contos de diferentes continentes abordam assuntos universais, aqui encontramos uma das muitas histórias em que um casal é separado pela morte e um de seus membros tenta trazer de volta à vida o ser amado. São bem parecidos com este conto o mito japonês dos deuses Izanami e Izanagi e a conhecida narrativa grega sobre Orfeu e Eurídice.

Os tewas são um povo nativo norte-americano que vive no sudoeste dos Estados Unidos. Apesar de terem, durante séculos, enfrentado confrontos com os colonizadores,

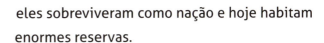

eles sobreviveram como nação e hoje habitam enormes reservas.

Sua mitologia é riquíssima, e com forte tradição xamanista: como acontece nesta história, os xamãs são as criaturas especiais que têm o dom de curar as doenças e solucionar os problemas das pessoas ao contatar o mundo espiritual e os Seres Sagrados que o habitam.

Por fim, encontramos uma narrativa do continente europeu sobre o amor entre Thale e Ugerup, separados pela condenação do rapaz à prisão. O estratagema que Ugerup cria para ficar junto da amada e desafiar o poder do rei aproxima o personagem de muitos outros que utilizam a inteligência para escapar de destinos infelizes. Entre esses "parentes" de Ugerup, vamos encontrar vários sujeitos espertos do folclore português e brasileiro, como Pedro Malasartes.

A história pertence aos contos tradicionais escandinavos, herdeiros da tradição nórdica ou germânica. Fazem parte dessa mitologia os deuses Odin, Thor, Loki e outros, venerados nas frias terras dos *vikings*.

A região chamada Escandinávia compreende as atuais nações da Suécia, Dinamarca e Noruega. Embora cada país tenha sua cultura e língua particulares, partilham variadas narrativas míticas e folclóricas cheias de aventura e seres encantados.

Vale a pena conhecer esses e outros contos de amor e coragem, que ainda e sempre nos mostram como todos nós, seres humanos, somos irmãos e as histórias são nossa herança comum.

ROSANA RIOS é escritora, roteirista, ilustradora, arte-educadora e apaixonada por boas histórias.

Rogério Andrade Barbosa

É professor, escritor, contador de histórias e ex-voluntário das Nações Unidas na Guiné-Bissau, África. Seu trabalho põe em foco as histórias do folclore brasileiro, a literatura afro-brasileira e africana e os programas de incentivo à leitura. Publicou mais de 90 livros infantis e juvenis, e alguns deles receberam prêmios como o da Academia Brasileira de Letras e o Prêmio Ori. Recebeu ainda reconhecimentos como menção no catálogo White Ravens (Biblioteca Internacional de Literatura Infantil e Juvenil de Munique) e o selo Altamente Recomendável (FNLIJ). Desde garoto, sempre foi fascinado por livros com histórias passadas em outros países. Já adulto pôde viajar os cinco continentes e conhecer de perto histórias tradicionais da cultura de cada canto do mundo. Depois de muita pesquisa, selecionou um conto de cada continente que trabalhasse a temática amorosa. O resultado é este livro que você tem em mãos.

Mauricio Negro

É escritor, ilustrador e designer gráfico brasileiro. Graduado em Comunicação Social, atua sobretudo com projetos relacionados a culturas circulares, indígenas, populares e meio ambiente, pelos quais tem participado de eventos, catálogos e exposições. Recebeu prêmios e menções no Brasil e no exterior. É membro do conselho gestor da Sociedade dos Ilustradores do Brasil (SIB).

Daniel Gray-Barnett

É australiano, ilustrador, autodidata e autor das imagens do conto "Nerida e Birwain". Após concluir seus estudos em Ciências Médicas, decidiu trocar o microscópio pelo lápis. Suas ilustrações foram publicadas em jornais como o *The New York Times* e o *The Boston Globe*. Seu trabalho já foi premiado pela Sociedade de Ilustradores de Nova York e pela revista *Communication Arts*.

Setor Fiadzigbey

É o ilustrador do conto "Yennenga, a mulher-soldado". Ele vive em Accra, Gana, onde nasceu. Após receber seu diploma de Engenharia, decidiu seguir carreira nas Artes. Atualmente trabalha com *storyboards* para TV e cinema, animação, quadrinhos e ilustração.

Suntur

Yozanun Wutigonsombutkul, ou Suntur, nasceu em Bangkok, Tailândia. É o artista responsável pelas ilustrações do conto "Os pássaros do arroz e a flor de lótus". É formado em Artes pela Silpakorn University e ilustra livros, revistas, roupas etc. Seu traço é caricatural e seu desenho se caracteriza pelas formas exageradas.

Brooke Smart

É a ilustradora do conto "Flor de Salgueiro e Nuvem Branca". Ela mora e trabalha em Salt Lake City, Estados Unidos. É professora de Ilustração e Design na Brigham Young University. Suas ilustrações são baseadas no cotidiano e nas relações interpessoais. Para a produção de seus trabalhos, ela costuma usar guache e aquarela.

Elisabet Ericson

Nasceu em Sundsvall, Suécia, e atualmente mora em Estocolmo. Estudou ilustração, animação e concluiu seu curso de Design e Ilustração pela Konstfack College of Arts and Crafts. Ela ilustrou o conto "Os pinheiros de Ugerup" e, além do trabalho com ilustração, produz curtas-metragens de animação. Atualmente trabalha em seu primeiro livro infantil como autora e ilustradora.

Este livro foi composto com as famílias tipográficas
Aller e Georgia para a Editora do Brasil em 2017.